La bête

et les petits poissons qui
se ressemblent beaucoup

texte de Pei-Chun SHIH
illustrations de Géraldine ALIBEU

HongFei

1

La Bête et les petits poissons qui se ressemblent beaucoup

La Bête vient boire de l'eau à la rivière. Elle y découvre un groupe de petits poissons bleus. Tout heureux de voir la Bête, les poissons la saluent chaleureusement. La Bête leur répond : « Bonjour, beaux petits poissons. »

Beau ! En entendant ce mot, tous les petits poissons ouvrent de grands yeux ; leurs joues rougissent aussitôt d'embarras. L'un deux dit enfin : « Merci. » Il est suivi des autres poissons qui à leur tour disent merci à la Bête. Le petit poisson qui a dit merci le premier n'est pas très content. Il dit :

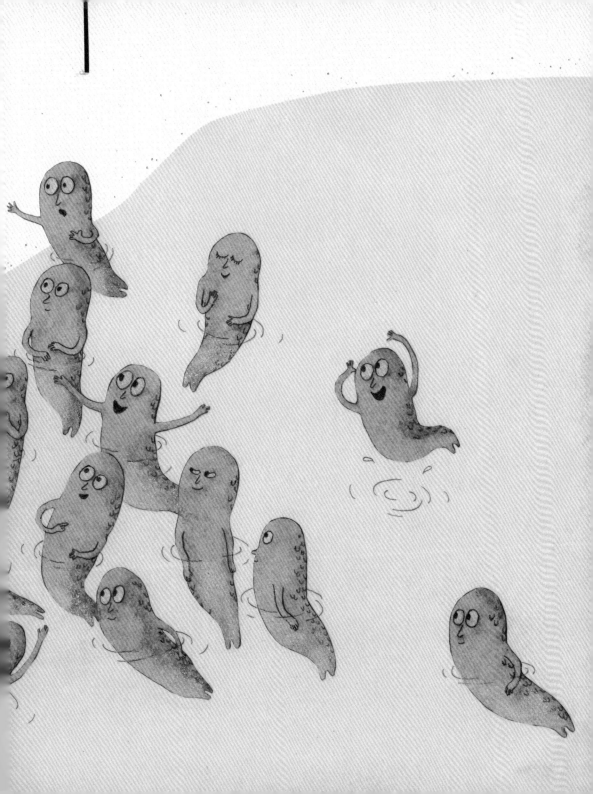

« C'est moi que la Bête trouve beau. Pourquoi vous la remerciez, vous ? »

« C'est moi qu'elle a trouvé beau ! »

« C'est moi !»   « C'est moi ! »   « C'est moi ! »

« C'est moi ! »   « C'est moi ! »

        « C'est moi ! »

                            « C'est moi ! »

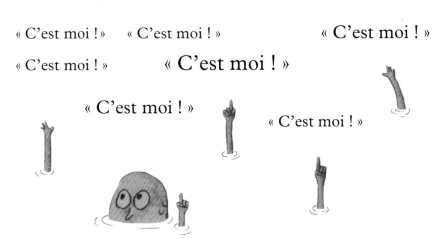

« C'est moi ! » « C'est moi ! » s'empressent d'affirmer tous les petits poissons.

La Bête est confuse. Elle n'arrive pas à distinguer un poisson d'un autre. Tous les petits poissons bleus se ressemblent beaucoup. Un à un, les voilà qui montent à la surface. Ils se bousculent afin de se rapprocher de la Bête et de lui adresser la parole. Le petit poisson qui a parlé le premier, n'arrivant pas à prendre le dessus, a une idée géniale : il s'éloigne de tous les petits poissons bleus et saute dans l'air. Il crie alors à la Bête : « Regarde-moi ! Regarde-moi ! »

La Bête le regarde effectivement, et le salue d'un geste de la main. Les autres petits poissons imitent aussitôt le petit poisson. Maintenant, à la surface de l'eau, une multitude de petits poissons bleus sautent tout en criant :

« Regarde-moi ! Regarde-moi ! »

« Regarde-moi ! Regarde-moi ! »   « Regarde-moi ! »

« Regarde-moi ! »

« Regarde-moi ! Regarde-moi ! »

«Regarde-moi ! Regarde-moi ! » « Regarde-moi ! Regarde-moi ! » « Regarde-moi ! Regarde-moi ! » « Regarde-moi ! Regarde-moi ! » « Regarde-moi ! Regarde-moi ! »

La Bête en a le tournis. « Ah ! Arrêtez de sauter. Je n'arrive pas à savoir qui est qui ! »

« Qui ? » « Qui ? » « Qui ? » « Qui ? »

« Qui ? » « Qui ? » « Qui ? »

« Qui ? » « Qui ? »

« Qui ? »

Les petits poissons se regardent les uns les autres. « Qui est qui ? » La question est sur toutes les lèvres.

« Voyons… » La Bête se gratte la tête et se met à réfléchir. Elle cherche un moyen de reconnaître chacun de ces poissons. « Vous êtes tous bleus. Par conséquent je ne peux pas t'appeler Poisson bleu et toi Poisson rouge. » Puis elle se gratte le ventre : « Vous êtes tous petits. Par conséquent je ne peux pas t'appeler Petit Poisson et toi, Grand Poisson. » La Bête se caresse la moustache et demande enfin : « N'avez-vous pas chacun un nom ? » « Nom ? » « Nom ? » « Nom ? » « Nom ? »

« Nom ? » « Nom ? » « Nom ? »

« Nom ? »   « Nom ? »   « Nom ? »   « Nom ? »

Les petits poissons s'interrogent.

« *Poisson* n'est-il pas un nom ? Tout le monde m'appelle Poisson », dit l'un d'eux.
« Je m'appelle Petit Poisson. Est-ce que *Petit Poisson* est un nom ? » demande un autre.

« Je suis Petit Poisson bleu. Est-ce un nom ? » dit encore un autre.

« J'ai un grain de beauté sur le dos. Je veux m'appeler Petit Poisson bleu au grain de beauté. » Tout en se nommant ainsi, ce petit poisson fait le dos rond pour que la Bête voie bien le fameux grain de beauté. La Bête ne voit rien mais approuve en hochant la tête.

Les autres poissons ne sont pas en reste et tous se donnent des noms plus longs les uns que les autres. « Petit Poisson bleu sans grain de beauté sachant imiter le chant d'un oiseau », « Petit Poisson bleu sans grain de beauté qui saute haut mais n'imite pas le chant des oiseaux », « Petit Poisson bleu sans grain de beauté qui ne saute pas haut, n'imite pas le chant des oiseaux mais qui a combattu un crabe », « Petit Poisson bleu sans grain de beauté qui saute encore plus haut, s'est heurté à une pierre, n'imite pas le chant des oiseaux et ne s'est pas battu avec le crabe », etc.

Les poissons se donnent tous un nom avec enthousiasme. Mais ce n'est pas tout : ils veulent que les autres se souviennent de leur nom. Ça les occupe beaucoup ! Il leur faut se rappeler qui a un grain de beauté sur le dos, qui saute haut et qui a combattu un crabe. Même le petit poisson qui le premier s'est fait appeler Poisson exige maintenant qu'on fasse précéder son nom de la mention « Le premier qui se fit appeler… Poisson ». En effet, il craint qu'un nom d'un seul mot ne passe pour insignifiant.

La Bête profite de ce chahut pour s'esquiver. Décidément, ces noms sont trop longs pour qu'elle les retienne, et ces poissons trop nombreux. Son cerveau pourrait bien exploser ! Elle se gratte la tête, se promet de ne plus venir boire par ici, et de ne plus jamais parler avec les créatures qui se ressemblent beaucoup.

2

L'aventure de la Bête et du lapin

Le lapin, un bon ami de la Bête, l'invite à partir à l'aventure avec lui.

— Aventure ! Ça sonne très amusant, dit la Bête en se frottant les mains, tout excitée.

— Nous partirons dès la tombée de la nuit, dit le lapin, l'air très avisé.

— Pourquoi à la tombée de la nuit ? demande la Bête.

— Pour que ce soit excitant ! répond le lapin.

— Quand il fait nuit, on ne voit rien. Comment cela peut-il être excitant ? demande encore la Bête.

— C'est excitant justement parce qu'on ne voit rien, répond le lapin.

En attendant que le soleil se couche, la Bête prépare un peu de nourriture à emporter.

— Qu'est-ce qu'il nous faut encore ? se demande la Bête.
— Une torche ! crie le lapin.
— Pourquoi une torche ? demande la Bête.
— Pour voir ! dit le lapin.
— Mais je croyais que pour que ce soit excitant, il ne fallait rien voir ?
— Idiote ! Si on ne voit rien, on ne sait rien ! répond le lapin.

Il fait nuit. La Bête et le lapin prennent leur sac à dos et pénètrent dans la forêt obscure, tout excités.

— La Bête, marche devant, dit le lapin.
— Ah !

La Bête marche devant le lapin. Un instant plus tard, le lapin dit :

— La Bête, marche plutôt derrière moi.

La Bête marche alors derrière le lapin. Ils marchent, ils

marchent. Soudain le lapin s'arrête.

— Que se passe-t-il ? demande la Bête.

— Je... Je... Je ne sais pas si je dois marcher devant ou derrière, dit timidement le lapin.

—Y a-t-il une différence ? lui demande la Bête.

— Bien sûr que oui. Si une chose horrible apparaît devant, je serai le premier à la voir, et ce sera terrifiant ! Et si une chose horrible apparaît derrière, je ne la verrai pas, et ce sera tout aussi terrifiant !

Et tout en donnant son explication à la Bête, le lapin marche tantôt devant, tantôt derrière.

— Nous pouvons marcher côte à côte. Si une chose horrible apparaît devant, nous courrons vers l'arrière. Si elle apparaît par derrière, nous courrons devant, suggère la Bête.

Ainsi, la Bête et le lapin marchent côte à côte, poursuivant leur aventure.

Ils marchent, ils marchent. Tout à coup, le lapin entend un bruit venant du haut d'un arbre. Il saisit le bras de la Bête nerveusement et lui demande de diriger la torche vers le ciel.

— Regarde ce qui se cache par là !

La torche éclaire le grand arbre au-dessus d'eux : il n'y a rien dans l'arbre. Mais brusquement, un coup de vent éteint la torche. « AAAAAhhh ! » La Bête et le lapin hurlent de terreur. Les voilà tout enveloppés de noir. Le lapin et la Bête se serrent l'un contre l'autre. Tandis que l'un ferme les yeux, l'autre regarde fébrilement à droite et à gauche. L'un veut courir vers l'avant, alors que l'autre veut courir vers l'arrière.

— Regarde bien, et tu n'auras pas peur ! dit l'un les yeux ouverts.

— Ne regarde pas, et tu n'auras pas peur, dit l'autre les yeux fermés.

—Tu as vu ?

— Je n'ose pas.

— Jette un coup d'œil.

— Ça ne me tente pas.

— Qu'est-ce que c'est ?

— Je ne veux pas savoir.

Main dans la main, épaule contre épaule, l'un les yeux ouverts, l'autre les yeux fermés, la Bête et le lapin se précipitent chez eux dans un piteux état.

« Ouf ! On l'a échappé belle », disent les deux d'une seule voix.

3

Je ne suis pas un poisson !

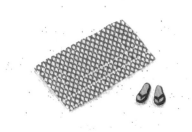

La Bête se délasse au bord du lac et profite du soleil. Elle trempe ses pieds dans l'eau.

D'un pas léger, une enfant arrive au bord du lac avec des bouées roses. Elle s'échauffe en faisant un peu de gymnastique, avant de tester la température de l'eau d'un doigt de pied. Elle enfile une petite bouée à chacun de ses bras et entre dans l'eau doucement. Elle flotte. Lentement, elle se rapproche de la Bête, et la regarde avec ses yeux ronds. La Bête lui demande : « Es-tu un poisson ? » L'enfant remue la tête et s'éloigne au fil de l'eau, ses bouées aux bras.

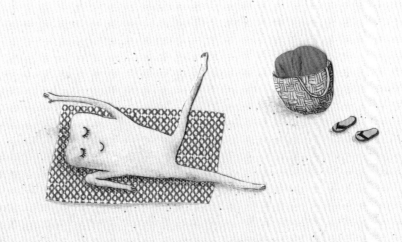

La Bête s'allonge sur une pierre et regarde l'enfant remuer ses petits bras. Celle-ci fait un tour, revient, et ouvre de grands yeux ronds pour regarder la Bête sur la pierre. La Bête lui demande : « Es-tu un poisson avec des nageoires roses ? » L'enfant regarde les bouées à ses bras, et s'éloigne au fil de l'eau.

La Bête ferme les yeux et s'imagine une baleine avec des nageoires roses en train de s'amuser dans l'eau du lac. Soudain, elle entend un claquement d'eau. « Hualala ! » La Bête regarde l'enfant qui bondit en cadence dans le lac. Elle éclate de rire : « Ha ! Tu es donc une baleine qui sait bondir ! »

« Pas du tout ! » L'enfant boude, pince ses lèvres, et se rapproche de la rive. Elle enlève ses bouées et se sèche avec une serviette. « Je suis une grenouille ! » lance-t-elle d'une voix forte à la Bête avant de s'en aller.

« Ah ! c'est donc une grenouille. » La Bête se frappe le front ; elle a enfin compris.

4

La Bête veut partir en voyage

Autour d'un voyage, il y a toujours des tas d'histoires.

La Bête décide de partir en voyage.

Elle prend son sac à dos. Dans le sac, elle place sa nourriture préférée ainsi qu'une grande gourde. La Bête aime boire l'eau de la rivière à la gourde ; l'eau n'a pas le même goût selon qu'elle est bue à la gourde ou lapée directement à la rivière. Quelle différence ? La Bête n'arrive pas à le dire.

C'est comme manger dans son propre bol ou sa propre assiette, dormir dans son propre lit, se couvrir avec sa propre couette. C'est différent quand on dort sans le lit ou la couette, ou quand on dort dans le lit de quelqu'un d'autre avec la couette de quelqu'un d'autre : c'est différent. Tout en y réfléchissant, la Bête boit l'eau à sa gourde. Elle hoche la tête et se dit : « C'est vraiment différent. »

La Bête sort de chez elle. Un oiseau la salue en gazouillant : « La Bête, tu pars ? » « Oui, je pars en voyage. » Toute joyeuse, la Bête lève son sac à dos pour le montrer aux amis oiseaux.

« Voyage ! » répètent les oiseaux. « Voyager où ? » Les oiseaux se rassemblent sur une branche près de la Bête, ouvrent grands leurs yeux et demandent, tout curieux : « Voyager où ? Vers quelle destination ? »

À son tour, la Bête ouvre grands ses yeux. Elle n'a pas pensé où aller. Les oiseaux éclatent de rire. « Un voyage sans destination, est-ce un voyage ? » Les oiseaux n'en finissent pas de gazouiller. Ils pensent que la Bête doit se fixer une destination avant de partir en voyage. Sinon, ce n'est pas voyager, c'est vagabonder.

« Vague-a-bonder ? » La Bête aime ce mot qui lui évoque une sensation de bercement à la surface de la mer. Elle s'imagine emportée par les vagues qui se succèdent. Tantôt portée vers le haut, tantôt ramenée vers le bas, tantôt versée à gauche, tantôt à droite, elle flotte, elle dérive…

« La Bête va vagabonder, sans destination. La Bête n'est pas en voyage. La Bête vagabonde. » Les oiseaux sifflent leur refrain à travers la forêt. Flotter, dériver… La Bête est ivre de bonheur dans sa marche en avant.

«Vagabonder ? » Un lapin entend le chant des oiseaux et pointe sa tête au-dessus des herbes. Il aperçoit la Bête. « Vagabonder où ? » lui demande le lapin en croquant une carotte. « Où ? » La Bête n'a pas envie de répondre à la question. Elle a bien plus envie de croquer la carotte que tient le lapin : elle lui paraît si appétissante.

« Oui, même pour vagabonder il faut suivre une direction. Zzzi ! Nous devons suivre une direction de toute façon, pour continuer d'avancer. Zzzi ! La direction, c'est important. Avoir une direction et marcher dans cette direction. Zzzi ! Même si tu n'as pas de destination, il te faut avoir une direction. Zzzi ! Afin de ne pas te perdre », dit le lapin en croquant bruyamment sa carotte. Tout en parlant, il frotte sa langue contre ses dents et lèche le jus qui coule au coin de sa bouche.

« Tu pars vagabonder dans quelle direction ? » Le lapin a fini sa carotte, sans en laisser une miette. Désappointée, la Bête avale sa salive, ramasse par terre une petite tige d'herbe sèche et la jette vers le ciel. « Le sud. Je vais vagabonder vers le sud », déclare-t-elle haut et fort.

Le lapin rit avec satisfaction. « C'est bon d'avoir une direction. C'est bon d'avoir une direction. » Il s'éloigne en sautillant. La Bête suit la direction indiquée par la tige retombée par terre, pendant que ses pensées vont encore et toujours vers la carotte orange si appétissante.

«Vas – vers – le – sud ? » Une vieille tortue au milieu de la route a fait trébucher la Bête qui fredonnait une nouvelle chanson de sa composition : « Je m'en vais vagabonder, flotter, dériver. Je vais vagabonder vers le sud, flotter, dériver. »

« Le – Sud – est – un – bel – endroit. J'ai – me – le – Sud. » La vieille tortue parle aussi lentement qu'elle avance. La Bête profite de ce temps-là pour sortir sa gourde et boire une gorgée d'eau.
La tortue demande à la Bête : « Que – feras – tu – dans – le – Sud ? »

« Faire quoi ? Vagabonder ! » répond la Bête à toute vitesse, comme si elle pouvait de la sorte hâter les paroles de la tortue.

« Vagabonder – pour – quoi ? » demande la tortue.

« Vagabonder pour… pour… pour… pour… » La Bête n'a pas de réponse, mais comme elle s'est mis en tête de hâter les paroles de la tortue, elle répète rapidement le même mot.

« Pour – pour – quoi ? » demande lentement la tortue.

« Pour la montagne, la montagne là-bas. La montagne dans le Sud. Elle est très haute. Je vagabonde dans le Sud pour la montagne », dit la Bête. Qu'elle est contente de dépasser nettement la tortue dans son débit de mots. Toute confiante, elle reprend sa marche à grands pas en direction de la haute montagne du Sud, laissant les paroles de la tortue derrière elle. Elle a compté : elle a déjà fait vingt pas lorsque la tortue achève de dire : « Ah ! Alors – au – revoir ! »

« Je vais vagabonder, flotter, dériver. Je vais vagabonder vers le sud, flotter, dériver. Je vais vagabonder dans le Sud pour la haute montagne. Flotter, dériver. » La Bête est euphorique en chantant sa propre chanson et buvant sa propre eau. Elle est tellement heureuse !

« Pourquoi vas-tu à la montagne ? » demande une voix qui sort d'on ne sait où et interrompt le chant de la Bête.

« Qui est-ce ? » La Bête regarde à droite et à gauche. Bien qu'elle n'ait pas l'intention de répondre à la question, elle veut savoir qui l'a posée.

« C'est moi ! Par ici ! Pourquoi vas-tu à la montagne ? » dit une mouche qui se pose sur le nez de la Bête, fière de sa question. La Bête n'a pas l'habitude d'avoir six pattes sur son nez et éternue, propulsant ainsi la mouche loin d'elle.

« Que feras-tu en haut de la montagne ? » De retour, la mouche se pose cette fois sur le front de la Bête et fait des claquettes – la mouche a la bougeotte et n'arrive pas à se tenir tranquille.Ça chatouille la Bête. Elle remue la tête avec vigueur, et comme ses cheveux volent au vent, la mouche est de nouveau projetée au loin.

« Que feras-tu en haut de la montagne ? » demande encore la mouche. Là, sa voix vient de plus haut. Elle s'est posée sur la pointe du poil le plus long de la Bête, et s'y agrippe de quatre pattes tout en frottant ses deux pattes libres l'une contre l'autre.

Cette fois, ça ne chatouille plus la Bête, qui sent tout de même un poids supplémentaire sur son poil. « Que diable feras-tu en haut de la montagne ? » La mouche n'oubliera-t-elle jamais sa question ! La Bête n'a pas du tout l'intention d'y répondre, d'autant qu'elle ne sait quoi répondre.

« Tu vas à la montagne… » Avant que la mouche ait le temps d'achever sa question, qu'elle pose pour la cent quatrième fois, la Bête, à bout de patience, répond sans réfléchir : « Vais à la montagne pour voir la mer ! La montagne est très haute, je peux sûrement voir la mer. Je veux voir la mer du haut de la montagne. »

« Tu veux donc voir la mer du haut de la montagne ! »

La mouche, ayant obtenu une réponse, s'envole et s'éloigne très satisfaite.

« Ouf ! » La Bête est soulagée. Depuis le matin, que de questions lui ont été posées, et que de réponses elle a dû donner. Elle ne veut pas vagabonder, ne veut pas aller vers le sud, ne veut pas aller à la montagne, encore moins voir la mer. « Je voulais partir en voyage ! » La Bête voulait simplement aller d'un endroit à un autre. Maintenant, elle est arrivée là et se sent bien. Les arbres sont assez grands, les herbes assez douces, le vent assez léger, la courbe de la pierre sur laquelle s'allonger est confortable. « C'est parfait ici ! Mon voyage peut s'arrêter ici. »

La Bête s'assoit sur l'herbe, s'appuie contre la pierre, profite de la brise à l'ombre de l'arbre, boit l'eau dans sa propre gourde, mange la nourriture qu'elle puise dans son sac à dos, fredonne sa propre chanson : « Je m'en vais vagabonder, flotter, dériver. Je vais vagabonder vers le sud, flotter, dériver. Je vais vagabonder à la montagne, flotter, dériver. Je vais voir la mer du haut de la montagne. Flotter, dériver. »

La Bête se sent bien car elle ne vagabonde pas n'est pas dans le Sud n'est pas allée à la montagne et ne voit pas la mer ; elle ne fait que chanter dans un endroit où il n'y a pas de question.

Autour d'un voyage il y a toujours des tas d'histoires.

Depuis, dans la forêt circule une histoire de plus : celle de la Bête qui part seule en voyage, parce qu'elle veut escalader une haute montagne dans le Sud pour voir la mer. Pourquoi voir la mer ? C'est là un mystère que les animaux de la forêt n'ont pas encore éclairci.

Pei-Chun SHIH aime les chats, la mer et la vie simple. Elle aime écouter des histoires et en inventer. Titulaire d'un DEA de littérature jeunesse à Taïwan, elle a été éditrice de magazines. Son ouvrage *La Bête* a été distingué par le prix « Meilleure lecture de l'année 2007 » de l'Association de littérature jeunesse de Taïwan.

Géraldine ALIBEU, née à Échirolles, a passé ses mercredis d'enfance à bricoler du carton et de la toile cirée autocollante. Formée à l'atelier d'illustration de Claude Lapointe aux Arts décoratifs de Strasbourg, elle a publié comme auteur ou illustratrice une quinzaine d'albums pour la jeunesse dont *L'Un d'entre eux* (La Joie de lire), *Le Chat dans l'arbre* (OQO) et *La Course au renard* (Autrement).

HongFei Cultures (鴻飛東西文化交流事業) est une maison d'édition interculturelle créée en France en 2007. Elle a comme objectif de favoriser la rencontre des cultures européennes et extrême-orientales par la littérature augmentée d'illustrations originales. En privilégiant la littérature de jeunesse, ses publications ont comme thèmes principaux le voyage, l'intérêt pour l'inconnu et la relation à l'autre.

La Bête a encore d'autres histoires à te raconter.

Alors, à bientôt !

Tous droits réservés © HongFei Cultures 2011 pour la présente édition.
Texte original chinois © Linking Publishing Company 2007.

Coordination : Loïc Jacob
Texte : Pei-Chun Shih
Illustrations : Géraldine Alibeu
Conception graphique : Pauline Kalioujny
Traduction : Chun-Liang Yeh
Relecture : Sophie Harinck

Publié par les éditions HongFei Cultures
Champs-sur-Marne, France
ISBN : 978-2-35558-030-7
Dépôt légal : mars 2011
Imprimé et relié à Taïwan par Huang Cheng Printing Company, Ltd.

Conforme à la loi n° 49-956 du 16 juillet 1949 pour les publications destinées à la jeunesse.